未晚居诗词三集

王镝非 著

暨南大学出版社
JINAN UNIVERSITY PRESS

中国·广州

图书在版编目（CIP）数据

未晚居诗词三集/王镝非著. —广州：暨南大学出版社，2021.8
ISBN 978 - 7 - 5668 - 3178 - 1

Ⅰ.①未… Ⅱ.①王… Ⅲ.①古体诗—诗集—中国—当代 Ⅳ.①I227

中国版本图书馆 CIP 数据核字（2021）第 111357 号

未晚居诗词三集
WEIWANJU SHICI SANJI
著　者：王镝非

· ·

出 版 人：张晋升
责任编辑：武艳飞
责任校对：黄　球　黄亦秋
责任印制：周一丹　郑玉婷

出版发行：暨南大学出版社（510630）
电　　话：总编室（8620）85221601
　　　　　营销部（8620）85225284　85228291　85228292　85226712
传　　真：（8620）85221583（办公室）　85223774（营销部）
网　　址：http：//www.jnupress.com
排　　版：广州良弓广告有限公司
印　　刷：韶关市新华宏达印务有限公司
开　　本：850mm×1168mm　1/32
印　　张：7.125
字　　数：103 千
版　　次：2021 年 8 月第 1 版
印　　次：2021 年 8 月第 1 次
定　　价：39.80 元

作者照片

作者与妻子合照

春归

韶关老干部书画研究会 王衡作

《春归》

种李栽桃不问身　春回又入珠江水　问身

丁亥 王鹤翙

鑴锤诗侣，正霞光翘天处，红旗浩渺，南湖帆挂井冈山

《桂枝香·贺党八十五岁生日》

梅间上见云与我裳黄花记舟登暂北一杯明月为白云依旧属山僧

樵声远引入烟霞欵乃棐恍待除山馆寐真寂惟闲流水泛桃花

芳草离魂两欲迷官柳飞霞小亭低行人忽向春风起多少流莺不敢啼

数间松院傍云间有客登临损尽苦依旧东山无恙一龛灯影照如未

巘秩松遮径更萦野人为屋倚松根寻常入户山云薄戴天衣裳太缘痕

廖燕七古绝句

丙戌秋日 徐续

徐续先生作品

江南有丹橘　經冬猶綠林　豈伊
地氣暖　自有歲寒心　可以薦嘉客
奈何阻重深　運命唯所遇　循環不可
尋　徒言樹桃李　此木豈無陰

書張曲江詠橘詩以應

縞非先生雅屬　己巳春月劉逸生

目 录
CONTENTS

2016 年

2018 年

2019 年

2016年

老　松

蟠根伏蛰龙，虬首蜿垂虹。

风煞胡狂怒，难摇百尺松。

大　榕

繁枝遮十亩，拳干系三舡。

雨过群围坐，听翁话出洋。

叶

妆点山碧绿，打扮柳蕤葳。

落木高天下，焚身作稼灰。

月　季

红杏三春闹，黄花九日骄。
何问天讯息，月月是花朝。

黄　花

一

絮飞黄荻老，叶落白杨萧。
篱下深知节，包头不谢凋。

二

森风知劲骨，长篱对青霜。
待到重阳日，宵分梦也香。

好　诗

好诗无味酒，句句醒中牟。

天教愁今古，啾啾老未休。

昙　花

日下不开奁，娟娟对月寒。

世尊卿命贵，须臾在人间。

书记家

前代府官衙，今为万众家。

当窗灯火夜，众口话生涯。

一月八日周总理逝世四十周年

大难安邦国，阋墙挽党分。

强人怵气宇，百姓惠丹心。

秋　凉

月夜草虫哀，闻声大快哉。

芰荷开罢后，天送好风来。

南　寄

皓皓日光宜，为君晾晒衣。

枝头闻鹊闹，归日可当期？

山海关老龙头

澄海会千流，摩天耸一楼。

襟开三万里，关扼老龙头。

保健品自歌

生命贵如天，君疴入广寒。

当宜何物救？拜我药王丹。

读《呐喊》《彷徨》

弄文歌呐喊，寂寞防彷徨。

万众肩荷戟，从戎上井冈。

自　吟

诗多千百首，未见有人吟。

何得神来笔，凭情唱到今。

观京剧《空城计》

征战何须剑，三家羽扇分。

可怜猓典午，无胆叩空门。

颂　歌

老天风雨调，大位扁担挑。

税少知民福，当朝乃舜尧。

韶　城

长滩环二水，日夜总淙淙。

独峭兴风雨，吹帘卷落红。

歌陈句

好文偏戍远，征战汉城西。

老却歌陈句，声声战鼓鼙。

观电视剧《海棠依旧》①

忧国不忧瘁，为民不畏衰。

纵然天舞雪，依旧海棠开。

---

① 电视剧《海棠依旧》，讲述周总理的故事。

斥美防长

人权天下黑，导弹五洲飞。

君捧杯中物，当为血泪醅。

"三同户"① 话过年

一家日力田，季季谷开镰。

屋角冰霜结，熬粥过大年。

海口谒五公祠

天远少尘氛，得将斗柄尊。

五公前跪拜，谁问致冤人。

---

① 20世纪60年代，知青下乡，与农民同吃、同住、同劳动，故称"三同户"。

感长征

风云八十年，红照半边天。

图史中华路，山留后辈攀。

春　潮

白浪两江潮，飞鸢上九霄。

洲铺芳草地，津架彩虹桥。

流水中东泪，淘金美国钞。

风调华夏绿，心旌尚飘摇。

感　春

举国圆佳梦，中枢定远谋。

东方华表亢，西域女神羞。

总见人常怨，深思我不忧。

世间春正劲，风逐野云收。

进南雄帽子峰

远见绕云楼，离车步野丘。

山环芳草径，水接碧霄头。

万代歌元帅，千秋颂大侯。

三才称有地，应是此雄州。

向北山叩拜

省墓清明节，因由老大悲。

八千山外路，一意蜡边灰。

耳啸临风树，心追落泪碑。

此番遥叩拜，仍愧不时归。

登德馨阁

老朋群聚阁，同啜菊花香。

远望西山雪，近迎北岸霜。

听吟诗剪影，学唱曲生腔。①

明日寒梅放，笼炉唉笋藏。

---

　　①　黄志辉老师出版《剪彩集》，彭岷胜老师出版《迈克尔文集》
（内填粤曲数章）。

四友会于马坝老营

老营同骑射，相违近十年。

海角争花放，天涯泛水澜。

不烦风雨闹，仍恋鼓鼙喧。

帐下人将散，辞行泪尽弹。

小坑游

有幸野游晴，悠然入小坑。

水天难作界，关隘欲拥城。

尽向潮来势，平添日暮情。

开窗车外望，斜照是归程。

痴　心

离家数十年，暑往又来寒。

大子三年退，三孙四载还。

山前山后路，水短水长船。

今日辽东鹤，心仍出庾关。

入秋出城

秋高策出城，两袖入清风。

财与公明帅，名归大树冯。

苍天云有变，深壑月光明。

菊破重阳近，还临最险峰。

读杜甫《北征》

肝胆北征魂，忠言致国君。

经年离乱苦，数日聚安恩。

一举光三镇，再起复二京。

明哲歌圣祖，期盼唐中兴。

送刘君赴美

郭前饯远行，车驾计行程。

解语帽峰咽，呼名武水泠。

威仪双俯仰，文史一规绳。

西去离乡鹤，翎毛万里声。

访罗家渡

岸石系孤舟，江涯夜渡头。

庄前灯忽落，足下水仍流。

天角盈明月，山边影暗楼。

莫云风野大，花果十分秋。

返西联

归子独徘徊，推窗几扇开。

锦心皆梦去，青眼却骀来。

烟雨书生泪，风云壮士怀。

芙蓉山尽处，把酒再登台。

送于夫返京

浈江亭外映斜阳，风送行云入汉潢。

山转即为分手处，花开犹作影身光。

期归万里昆明水，望入中年火炮乡。

此去京城多故旧，席间代我举壶觞。

答大林来信贺寿

万水千山路，书因老叟呵。

五车仍愧少，百岁岂为多。

地角天头望，风前月下磨。

力衰心可用，遥祝念南无。

人老未还乡

当年策马走天涯，驰入南疆籍客家。

岭下山长溪水阔，留听雨打木棉花。

白玫瑰

岸风簌簌日西斜，木叶凋零荡水涯。

一枝先入瓶子里，灯前独看雪冰花。

读胡荣富《两次越战回忆》

烽火燎边两度征，孤军敢胜四围兵。

功名利禄尘和土，留取龙蛇一卷经。

九十解福

耳闻目视口长吟，灯下犹临晋右军。

饱饭三餐应解福，拥书万卷不为贫。

感书生

沽名竟使挑孤灯，暑往寒来读史经。

老去方知鱼蠹恨，百无一用是书生。

游莞韶园

韶西十里白云深，入可名园过虎门。

庄主耘岩耕石瘦，一山草魅岭梅魂。

德寿堂开业

乍起西风吹岭下，幸献美豆北欧姜。

示君莫问今生死，天寿将超鹤寿长。

行路难

人老深知世路难，十年沙场度千关。

文坛莫道无烽火，左对癫狂右对钱。

夜宿花城

一

早年在此戍边关，披甲征儿足八千。

今日当炉皆美女，文君下界太平年。

二

明月清风上宿楼，凭栏十里入双眸。
一城远近花开落，应说光景第一流。

谒通化杨靖宇陵园

赴死求生靖满洲，渴餐白雪饿吞楸。
留头不换银千两，倒逼东胡血水流。①

贝尔格莱德凭吊

古绝②

皇天苍苍兮焉极，大野茫茫兮何翳。
愤尔欺我魂不归，长夜浩歌鸣霹雳。

---

① 杨靖宇，东北抗日联军主要领导人，1940 年 2 月 23 日，杨靖宇在冰天雪地、弹尽粮绝的情况下，孤身一人与大量日军周旋，战斗几昼夜后，在濛江县（今吉林省靖宇县）壮烈牺牲。

② 习近平主席与夫人于 2016 年 6 月 17 日访问塞尔维亚，首站即赴被美机轰炸的我国驻前南斯拉夫使馆旧址，凭吊殉国之邵云环、许杏虎、朱颖三烈士。

丙申迎春

一城斜雨满楼风，云过方塘扫落英。

坠尽木棉春事了，惟闻对岸鹧鸪声。

春　残

日暮迎风登小楼，李花如雪月如钩。

鹧鸪最记天时老，每到春深啼不休。

无益家国

年年终日对芸窗，笔下陈言口旧腔。

南海黑云东海浪，书生何用不经邦！

日舰出云号复出

出云又见出东洋，虎役为伥已忘降。

万里长城仍屹立，老夫打鬼再扛枪。

重游张家界

不忘张家世外山，津梁悬石水金鞭。

老天谁惹无穷恨？缚住群娥谪众仙。

依韵和沈鹏《中秋夜口占》

风霜寒露来何早？愁煞良宵叶打窗。

落尽梧桐枝弄影，一城灯火代清光。

读黄志辉《剪影集》

戍楼刁斗卫边圻，得胜归来换布衣。

日与樵苏风剪影，曲儿唱遍武浈溪。

木棉花落

一院红铺若落霞，牙儿拾取卖商家。

剖心截面斤三角，身价何如野苤蓝！

静夜思

大野飞归落武溪，他乡欲得姓名知。

问谁沙场弓刀事，换取床头两卷诗。

晚秋谒张九龄墓

墓高碑耸路松苍，宿鸟无声下夕阳。

祠畔遍题佳妙誉，茔前秋水更流香。

答王德润

旧楼新主退休翁，雨去风来隔树听。

持谢故人青眼意，十年不忘一书生。

读《画虎居诗词》

荒年同在北平城，人散红楼始慕名。①

解甲离鞍羞老死，吟诗作赋学刘征。

---

① 红楼，北京大学旧址。

丙申春节

离乡背井走天涯，今夜儿孙赶到家。

春入吾楼新点缀，大红福字水仙花。

春分日作

雨停雾集不开晴，满地红泥坠落英。

莫道春随花尽去，崖边梅子色初青。

花生日

一

南来车马阻长桥，北往人海似汛潮。

万紫千红观不到，只因今日是花朝。

二

一年难得逛花朝，江上歌声入九霄。

夜半忽传南海外，洋人炮舰鼓风涛。

曲江清明即事

一

几日回寒昨雨停，翻生烧草正清明。

食鲜最是春光好，蔬甲椒牙芥菜羹。

二

天晴风好过清明，江起潮声柳啭莺。

桃李妖娆花满树，拜山车驾尽离城。

戏作连枝体二绝句

一

月入窗棂细看君，君丝银白更怜人。

人间一曲梅花落，落红成泥欲挽春。

二

春柳秋枫亦动心，心深四海逐飞云。

云封高岫生甘雨，雨润丰年白露恩。

春来去

过岭东风绿柳枝，晚斋吹雨梦中知。

昏花两眼春来去，最怕从今见世迟。

大　观

年年世事乱如麻，放眼前程看两家。

东出朝阳光艳火，西沉落日噪寒鸦。

荼蘼绽放

一犁谷雨洒江涯，桃杏红消絮别家。

莫道纷扬肠断泪，荼蘼春老却开花。

里约奥运会英雄谱

孙　杨

戏天水底自由翔，百丈千寻不觉长。

多少争锋皆失魄，号咷后笑是孙杨。

吴敏霞

一池碧水绽金花，奥史传奇数敏霞。

大任担当三届冠，国人放眼望南巴。

杜　丽

体坛骄子会南阿，十万挥旗鼓甲戈。

龙阵兴风鳌作浪，射雕杜丽一嫦娥。

马　龙

方台五尺战犹酣，飞弹流光倒碧澜。

一马当先迎敌去，谁人有胆不生寒？

谌　龙

始若潜龙入海归，继如脱兔马难追。

手中三尺横磨剑，斩尽梨花满场飞。

女　排

女儿剑气丈夫雄，练就爬挲滚打功。

最是关头难越处，过冈杀出武郎松。

长征八十周年

红军别赣不知途，遵义城头见日初。

踏破岷山人北去，延安一夜变天枢。

人老知非

小斋环水又环山，黄鹂声声笔砚间。

世事磨人肝胆裂，诗书留客蠹虫还。

卅年北望云仍晦，一夜南归梦更悭。

九十知非天不怨，霜前贪看菊花残。

中东难民回归路

莫信中东诡秘闻，流亡寻本问前因。

雉鸠占洒离巢泪，螃蟹行留舞爪痕。

剪断贪婪夷狄手，招回守土庶民心。

一灯吟得深情曲，赠与天西众善人。

读李汝伦《紫玉箫二集》

才人皆说入时艰，但见吟郎誉粤天。

坛坫当年狂士热，词章早岁性灵寒。

不思辽北山环水，却恋江南月临栏。

打鼓骂曹君发问，可堪风雅一文圈。

挽刘平华

噩耗传来失故人，纵横老泪溅衣襟。

四平风雪徐图策，五岭云烟急就文。

门第儿孙将续业，海天亲友已离军。

琴台从此沉江底，流水高山不问闻。

谒中山陵

杖筇拾级拜茅山，松柏丛中卧大贤。

舍命忘身扶小子，扬威匡正斗冥顽。

半生联共求活党，千载遗文代授权。

莫道先行行未足，国人谁不仰逸仙？

忆　旧

戍楼刁斗与斜阳，雨露风霜血战场。

煅骨迓迎烽火烈，舍身换取国名香。

人生百岁生何短，世路千条路更长。

得意余年磨墨砚，犹书唇齿大同江。

悼二弟志华

浪迹江东不了时，多年心力化兰芝。

昨朝岂料长为别，今夕曾无可尽辞。

乐进冷宫人可吊，忘名骄子我为师。

将来有缘吴淞去，满插坟头傲雪枝。

迎战友

于夫远道来访有赋，意犹未尽，以此律补之。

未晚居偏引客来，重逢战友老颜开。

杯茶清浅浮山壑，榕巷长深避雾霾。

隔海未归边塞雁，临流却念岭峤梅。

十年已失风光好，辜负当年壮士怀。

心似猿

老友灯前谈鹤寿，百年不是醉中言。

远去彭祖传无信，近来汉卿我有缘。

草木山中生逸气，妪翁世上出高贤。

忘忧勿虑迷闲事，莫笑童心活似猿。

悼赵松寿

与君同进南工团，沙场并肩十数年。

运笔有声皆上品，吟诗无韵可非凡。

两来梅岭留身影，一撒尘寰失德贤。

今日小楼回首处，露台似见义乌还。①

此处不寒秋

五公祠前

当知此处不寒秋，九月依然绿色稠。

望海无边天即岸，观峰有顶雾为头。

丈夫纵死千秋在，奸佞虽生百代羞。

信美江山芳草意，祠前风起水长流。

---

① 赵松寿，浙江义乌人。

远　眺

登高放眼极无边，白首神随任性看。

不畏西风吹大海，可期佳梦壮中原。

托天巨手渔樵愿，救世丹心领袖观。

莫悔夕阳西下早，余晖尚有日三竿。

读杜诗

撼地掀天狂卷飒，深知苦难即将临。

长安灯塔忧黄鹄，奉县咏怀叹庶民。

一笔撑天诗界圣，终身遭厄杜陵人。

荆南偏得留遗句，哭国无成涕作霖。

与于夫忆诸战友

算来相违十三载，君背如弓我目残。

武胜关头三十日，清川江畔十七蛮。

别后尚余情在骨，言深无奈胆附肝。

灯火未阑人又去，何时再似战时圆！

与儿孙

过眼云烟回首望，几多忖度可为师。

惊心蓬草生离梗，染目黄花死抱枝。

沙场解围王骑射，瓜田释惑李桃蹊。①

二公豪气今犹在，光照男儿两卷诗。

---

① 王指王君义政委，李即李景炎主任。

十月十七日陆游生日①

放翁策马踏胡烟，万首诗歌众口传。

金殿骂奸惊社稷，汉中刺虎动江关。

终天常抱东风恨，绝命犹思北国还。

有恙神州难一统，示儿高挂白壁间。

得月思

小楼近水月先之，满院清光引我思。

半世东西南北路，一生风雨露霜时。

山乡草木青常在，湖海鱼龙气上驰。

老马仍期添菽藿，向前依旧未曾迟。

---

① 陆游生于1125年（宋徽宗宣和七年）十月十七。

长相思·南极星

1月8日周总理逝世四十周年，夜望星空，赋此以祭。

南极星，北极星，月黑天东斗更清。寻觅最亮晶。

天也情，地也情，回想长街送远行。天公何不公！

长相思·方金宫

习近平主席访问中东三国①

方金宫，圆金宫，更有波斯隆宇穹。高悬红灯笼。

邻中东，友中东，湾水长长瀚海通。重兴一带风。

---

① 三国指沙特阿拉伯、埃及、伊朗。

锦缠道·哀叙利亚

莽莽洪荒，谁把大千开化？亚当兄，夏娃相嫁，到如今盛名天下。休说风雅，大德歌神话。

看胡人满城，炮轰机炸。好端端，万门千厦，却剩余灰断垣残瓦。出逃儿女，问路何言答！

长相思·美总统说由美制定世界规则

东玩兵，西玩兵，颠倒乾坤搅海腥。人间无太平。
山也争，水也争，万物羔羊备我烹。有谁敢说甭？

卜算子·回乡

昨日返辽西，万里关山路。巨变家乡不敢入，老犬迎家主。

三月刮狂沙，四月春风度。倒是门前柳似金，絮作飞花舞。

秋波媚·良宵

山城十月老天高，风鼓武江潮。凭栏北望，梅关落雁，南返归皋。

无声悄入将圆月，孤兔卧堂坳。夜莺咬咬，江流渺渺，负此良宵。

长相思·花芳菲

花芳菲，草芳菲，丝柳烟中春燕归。呢喃语入扉。

有所悲，何所悲，细雨敲窗深打闺。何时两互偎？

醉花阴·篱菊

窗外忽闻风雨骤，更损黄花瘦。但愿此篱秋，蟹爪金黄，香色同长久。

高空再望应非旧，落木凉时候。明日又重阳，霜白枫丹，共绕篱边秀。

浣溪沙·七国外长会

虎豹豺狼兕狄獐，成群结伙叫凄凉。人间万物备羔羊。

无奈夕晖斜影乱，黑云一抹日难长。挽弓满月射天狼。

朝中措·越秀山怀古

越王台上望风烟。松柏似当年，几度昆池逢劫、惹来海立江翻。

园中泉石、水边杨柳、月下波澜。听谱新辞小曲、讴歌华夏今天。

蝶恋花·南海仲裁戏

山姆自编新闹剧，牵傀推佯，欲夺沙洲屿。入眼烟波三万里，山河自古中华域。

拟玩轻佻图一举，害理伤天，不把天人惧。一场荒唐仲裁飓，惊风吹破千年局？

减字木兰花·东风吹起

东风吹起，芳草茸茸香十里。碧水金沙，岸上官村是我家。

戎衣脱去，从此新征江下曲。短句长篇，多叹高天风月闲。

女冠子·朝鲜战争停战六十三周年

当时，著者在朝鲜西海岸，闻讯即步行三十里，从廿五团返驻温井师部。

七月廿七，战到板门和议，看那时，承晚低垂面，克拉紧锁眉。

六十三载矣，中线两分离。利刃仍相割，一残棋。

清平乐·歌青草

有情无斐，世眼看芳卉。倒是春来诗有味，会说青山明媚。

冬来青草凌寒，朝朝雨打风芰。我有几篇词赋，歌君壮美山川。

鹧鸪天·山海关

出海长城过万山，凸峰凹壑锁雄关。铜琶唱尽长城曲，南北东西血肉联。

千载事，暖心田，一砖一瓦垒相安。孟姜洒泪传千古，应作英雄送别看。

卜算子·长江

一水出金沙，吞吐巫山雨。何以弯弯九曲肠，流入横洲屿。

可爱母亲江，日夜呼儿女。正是风和日丽时，高唱扬帆曲。

鹧鸪天·思辽西

山鹛声中却欲归，辽西螃蟹肉黄肥。岸飞蛱蝶追花舞，海鼓波涛打石回。

鸿雁起，雉鸡飞，豆棚迎月见盈亏。高粱帐里红花雨，无际川原旭日晖。

鹧鸪天·过瞿塘峡

壁削崖切不计深，幽幽峡口立夔门。彩云白帝形犹胜，登上城头望女神。

迷雾绕，伏湮沉，天头江面两难分。峰峦十二谁人画？一卷轻描淡墨痕。

有感某大国总统就任

不闻山外事，何问古今情。
开口惊天下，无知敢放声。

达沃斯论坛年会

一

卑斯山舞雪，胡贾入津迷。
东海经纶手，高擎世路旗。

二

骄子上经坛，金鸡报酉年。
欲呼天下友，共建桃花源。

迎台风

阳婆火烤天，云去未回还。
闻竹萧萧语，迎台降庚关。

战　刀

三十年悬壁，仍铿玉性声。
沙场同破阵，迎敌再从征。

秋　色

秋色景尤佳，金风送夕霞。
谁知霜下趣，白发对黄花。

七 夕

七夕望牛郎，陪君亦断肠。
隔河寻织女，穿破嫁衣裳。

闻 蝉

蝉鸣入伏天，叫破石榴残。
咽咽如君腹，声声九品官。

颂 菊

青女撒清霜，黄花烈味香。
摇风开口笑，岂为伴重阳。

读杜诗得句

诗人知万个，杜甫最雄强。
一世无凡句，黎元九转肠。

五　绝

百年灰化骨，勒石亦无名。
了却平生事，难埋报国心。

除　夕

耕作在书田，磨砚守砚端。
家和留枕梦，国富存囊钱。
窗外灯明夜，城中众唱年。
神州呼四海，携手建坤乾。

策马江东

卫我新家国，江东策马征。

冰霜登草岭，烽火踏韩京。

群逆豺狼虎，三军网络绳。

至今丧敌胆，不敢越边城。

书　感

世事芸窗入，临山不望深。

雨停迎月出，日起待霞纷。

两卷传香火，三春献锦心。

智愚非所别，愿对古今人。

述　志

有志行天下，离家觅路途。

大三功投笔，老九罪知书。

门洞低头过，云霖拭目舒。

心期登泰岱，北斗七星呼。

送凌云刘晶

明日长城外，相逢酒尚温。

辽天怀别客，武水寄留音。

一去情何苦，两行路不分。

落霞红欲紫，大北望浮云。

游始兴古塘村

车过墨江城，塘村扫径迎。

行云由岫出，流水自泉生。

点点蒹葭雨，轻轻草木风。

秋高无雁到，篱菊有深情。

送肖玉贤夫妇

风起三江水，长洲草木知。

黄天辞战友，霞洞问丰姿。

一识心相印，百年道不支。

晚山迎落驾，正是送君时。

紫荆花开二十年

香港回归

大海纳旋湍，回归二十年。

一鞍新路稳，两地故事绵。

荆树心圆叶，神州日旭天。

洋人还插手，尔等岂心甘。

席上遇张茵①

一

无猜少小同窗，私语携手新房。

一夕忽来骤雨，春归重会鬓霜。

---

① 张茵与大儿少小无猜，惜有情无缘。

二

柯枝依旧婆娑，鬓发新秀青螺。

便作嫦娥下凡，叮咛莫为风磨。

插秧后农村风光

六言一章

补秧水面疏处，田脊种豆两厢。

天晴天雨泥路，山淡山浓风光。

大年初六入山迎立春

一

小桥横架锦江川，牛鼻山村作大观。

隔岁红花仍烂漫，谷深依旧槭枫丹。

二

观音峰下望观音，禅定朝天纳百鹑。

四面乱云围欲合，不言不语渡迷津。

三

曾祖儿孙四代人，大山深处更寻深。

一年正是风和日，与地同天共度春。

送凌峰杨阳

地北天南路八千，万山难阻内心牵。

明朝又与江头别，怕问重逢隔几年！

茶　花

遥望前村落彩霞，近观水畔种茶花。

前行愁却无颜色，一路红开到杏家。

迎春宴上口占

年逢丁酉贺新春，歌舞升平不拜神。
总有西风仍抖擞，却将衣袖转乾坤。

羊城隆冬

岭南三九不寒天，得在花城赏牡丹。
少女少男争扮相，蓬头粉面一身单。

怨

南北东西路漫长，江河湖海远离乡。
丈夫有志安天下，说与丈夫也悔肠。

赠大兴王德润

大兴一夕对床语，马坝三年彻夜灯。
老树黄花仍有色，惯于秋后舞西风。

倒春寒

青梅黄熟始凉天，篱下黄花瘦可堪。
岂是信风今乱信，岭南二月倒春寒。

太　息

呼老称公颇愧疚，当年戎马已成尘。
一闲万事无关己，唯有台湾最怆心。

卖药者说

当街叫卖药神灵，外治红伤内治风。

大悟人生知命贵，夫妻一剂寿双星。

老妻八十有二我九十儿孙筵贺

双鹄高天比翼飞，齐眉举案孟梁追。

儿孙坐满高堂上，同捧期颐祝寿杯。

旧诗有传人

新诗提倡百余春，难见成篇脱口新。

红日当头楼外望，旧诗薪火有传人。

老伴生辰席上口占

儿孙设宴庆生辰，不老性情却老身。
天假余年操劳苦，从今盼作展眉人。

返"四清"驻地怀闫宪奇

当年同住水东坪，奉命无心划"四清"。
最是花开人已去，思君来此听江声。

曲江赏玉观音

约朋邀友赏观音，不见观音见谷深。
跋尽群山浮尽水，此身仍外海龙门。

兴城旧宅老榆

年少家住巷东横，十丈高榆看我生。
今日回寻羞愧矣，难言人老未功成。

离辽西故里返岭南做新客家

面岛山头渐解冰，东风摇出柳梢青。
人将离去春半过，从此难听大海声。

岭下过重九

石榴结子破红腮，岸上芙蓉盛后衰。
过岭西风吹白露，登高来见菊花开。

说与残菊

人老毛头已白霜，依然作赋写文章。

与君同问西风煞，且看天寒晚节香！

枇杷花

天寒百卉失韶华，入腊红梅却发芽。

世上迎春称最早，枇杷冷落隔年花。

登楼凭栏

面对东南大海天，北峰回望入云端。

山光水色情无限，每引乡愁更怕看。

韶城作家群出感愧

地灵人杰出才华，问世宏篇几大家。
春入荒田闲雨露，英雄树老不开花。

春分出韶城过曲江

梨花风起小阳山，软水拍堤柳似烟。
不晓春来谁是主？返青烧草舌莺天。

避　暑

故人邀我西乡下，摘罢红桃打绿瓜。
逃出城中三伏热，坪边还啜露芽茶。

三角梅

桥头石径小凉台，三角红梅季季开。

底事浑身生棘刺，高门大户不曾栽。

梅岭奠陈毅元帅遇雨

此地当年欲舍头，英雄本色死中求。

三章与奠天垂泪，闪电雷鸣颂毅侯。

与孙夜话

一

刀枪入库马归山，脱去身穿绿色衫。

南北东西三万里，夜磨秃笔写残年。

二

人老回城盼守边，一生舍命在前沿。
犹恐强虏临疆界，几本兵书翻到残。

日舰游弋南海

大奴大寇不消停，悄伴洋人又逞凶。
未死皇军离四岛，似闻悬剑放铿声。

姑苏台怀古

越王昨送美人来，一世忠贞二国才。
争霸夫差邗掘后，烟尘从此锁姑台。

攀枝花

庭前老树三寻八，玉立丰姿少杈丫。
雨打风吹山不动，春开万朵血红花。

岭南菊

荼蘼开罢岂无花？九月东篱出嫩芽。
过岭西风生别意，明春桃李间黄花。

始兴农村即事

岭下人家半掩门，大江小溇水粼粼。
湿披男女皆弓背，手插新秧绿了春。

杨　柳

一

几缕垂枝二月阴，梢黄根绿未全匀。

三分烟雨真无赖，倒是东君座上宾。

二

灵和殿里显风神，灞上情深一折分。

今日杨花飞满地，借君天下庆新春。

黄槐几度开

久居岭外举家回，手种黄槐几度开？

耳熟乡音名不识，上门多是故人孩。

故乡观海

卅载来看海一潮，风生天外浪头高。
路无远近情无价，闻得涛声万恨消。

答李圣堡

闲磨端砚旧生涯，词赋千篇不到家。
最忆成都春雨夜，掌灯同看放桃花。

重访邵阳

少年投笔远从戎，邀取天南汗马功。
白发重寻征战处，万家春色一城红。

仰望定军山

定军山里白云深，不见祠堂不见坟。①

梁甫吟歌飞入耳，蹄声似歇叩柴门。

偶　感

难圆大梦人先老，天假无多事万端。

一日充当三日过，用功未死死之间。

想作辽人

武溪冬月小阳春，红映芸窗绿掩门。

北望家山风正吼，心偏仍想作辽人。

---

　　① 《三国志·诸葛亮传》称"亮遗命葬汉中定军山，因山为坟"……

读杜甫《江南逢李龟年》

浪迹江南百感伤，人情世事两茫茫。
相逢时节梨花落，何忍听君唱盛唐。

遥　祭

扫墓清碑十载前，正逢雨过水浮天。
梅关一入山重阻，荒冢迎风对月弦。

岭南秋

立秋虽到少清风，盛怒天公气未平。
岭下依然汤是水，一宵热浪入帘烹。

看荧屏群英会

读史劳心论短长，天生瑜亮有何妨。

群英会上男儿气，留下精神各守疆。

风采余靖墓

拜君正遇夕阳低，草木青青墓道迤。

三说契丹和二国，怀君风采作诗题。

恼人天色

登高送眼上楼台，四围迷茫雾未开。

天色恼人三日矣，晴空万里几时来。

回访"四清"故地新村

一

记得当年刮大风，新村一入冷如冰。

乡官定性当权派，个个皆成四不清。

二

故地当今万象新，廊回楼倚大红门。

老农笑指千层绿，大路开通遍地金。

建军九十周年席上口占

军旗猎猎展雄风，北国江南海宇清。

天下升平仍有待，举杯贺节祝新征。

沈阳之所见^①

一

大寇称臣亮了天，白山黑水万家欢。

行人脊骨巍巍耸，了却为奴十四年。

二

东洋扳倒盼中央，盼到中央悔断肠。

军汉接收凶似虎，文官敲诈狠如狼。

三

东陵养马北陵家，昔日官廷作府衙。

人海中街无客至，小河沿里谢荷花。

---

① 指 1945 年 8 月 15 日，日军投降后，蒋介石接收沈阳之情形。

四

南京食客乏家骅，游说人归蒋氏家。①

学子三千鸣鼓角，惊魂驽马枉腾奴。

五

少女深闺紧掩门，金钗不插发头髻。

悬灯万盏元宵节，偏遇冤家作鬼魂。

六

昼畏阳光夜畏灯，男儿妆扮白头翁。

闻声闭户翻墙走，枪下难逃捕壮丁。

七

蒋家兵马蒋家龙，卫立煌联廖耀湘。

人等一于相尔汝，登科五子一窝脏。②

---

① 朱家骅是国民党教育部长，他到东北大学训示，学生群起围攻，朱逃之夭夭。

② 五子登科指国民党接收东北时，其大员弄权要奸，抢位子、房子、车子、票子、女子。

畏寒风

与妻朝发五羊城，半日凌空似大鹏。

驾雾穿云三万里，暮裘辽水畏寒风。

元　日

自负平生最守真，几多襟抱却成尘。

东风吹出新年世，黄鹂啼回旧草春。

莫失丈夫湖海志，仍求词笔玉泉音。

人间应有来时日，未晚居前再奋身。

大唐花海

孙女搀扶出户门，城东十里访芳茵。

山南山北花如锦，湖色湖光水似金。

白叟临风频举盏，黄童入座屡求飧。

日斜告别仙坛处，无限离情满苑春。

何树雄家赏盆景

康乐村前小阁斋，一登一曲上楼台。

老松弓背头垂地，幼杞绵腰发插钗。

居市亦多殊俗趣，倚风知有异奇才。

天寒雨过春将到，明日看花我再来。

赋六十一周年婚庆

相识烟台水上村，身当卫国保家军。

面迎白刃降仇寇，雪绽红梅见早春。

托命互依三世事，成婚同慰两双亲。

此生晚节弥珍贵，一对深更夜读人。

送肖参谋归里

曲江亭外斜阳里，西去行云过武江。

大路即为分手处，深山曾作演兵场。

送归浩荡松辽水，望入苍茫父母乡。

五岭总遮留不住，雄风一展大鹏翔。

居　家

居依江岸又依关，浪吼人呼入小轩。

勿虑家愁烟雾过，偏劳国事肺肝牵。

骚长骚短寻奇句，春往春来纪晚年。

一角小楼天地大，却余明眼看山川。

做蠹虫

门掩乔松路掩榕，海棠开罢石榴红。

鹧呼动地鸣愁事，花气穿帘带好风。

白句入诗诗易熟，灰脂涂画画难工。

此身未与英雄会，消受书楼做蠹虫。

战外洋

冰山冷月血疆场，驱骑江东战外洋。

气骨铮铮烽火煅，情义烈烈剑刀烊。

刻名勒石香名姓，雪掩沙埋忘死伤。

珍重黄昏无限意，半天红紫照斜阳。

挽刘尚文

一生师友送登途，鹤驾无踪枉泣呼。

星宿且归天汉界，学生仍读故人书。

支农力尽山山枞，扶政谋深事事模。

合影如珍揩拭后，焚香追画武功图。①

---

① 刘尚文曾任原广州军区炮兵副政委，"三支两军"时任韶关地区革委会主任。

王志强来访

春风吹面柳梢头，万里梅关北客投。

耕作麻田人未老，浮游云海志先酬。

亲朋明夜东西月，兄弟朝阳内外楼。

快口讷言皆往事，声声招惹故乡愁。

春游武溪

出门方觉阳春到，杨柳垂丝李吐芽。

饱食鸬鹚辞冻水，推书学子恋桃花。

白云堆起皆成象，紫燕归来各觅家。

日暮风高收拾去，小舟压浪过西沙。

赋得春光

岭下难开二月阴，报春红绿却临门。

此前物我何须虑，今后风花可更珍。

白发应知人世事，闲书胜谙箧中文。

耄荒休怨来时短，一日功夫抵两旬。

游珠海

盼来一日小游晴，主客飞车未少停。

目送海天知有界，手招渔女苦无声。

在城不碍烟霞趣，出市方知草木情。

鸭煮温肠登井岸，澳门闪烁夜明灯。

答友问讯

花开花落去来频，鸟与同群树作邻。

力虑长歌留肺腑，持家生计透铜金。

十年北望云非旧，一水南流草自春。

灯下贪看难掩卷，此生端赖问高人。

秋花上栏

江南最酷暑相连，忽报秋花昨上栏。

今夕将吟篱畔卉，明朝更见屋边山。

欣逢家国和平起，漫对强人霸道顽。

再与西风争一场，老夫归队着黄衫。

翟丁贵返韶宴请旧交席上作

党人自是寸心丹，在位克勤退不闲。

功业显扬君德厚，声名沉寂我身残。

却偏堂上宾留客，珍重席中主纳言。

莫道旧交年已老，出霞还有夕阳天。

挽王少元

去春迎客入梅关，已故同游十二三。

且信年衰人谢世，仍为肠断泪沾衫。

援朝卫国忠方尽，助困扶贫义不惭。

从此橘洲难再渡，与谁共赏万山丹。

挽丁奇

摆脱轮车自在身，鹤归冲破大千尘。

修名应列英雄传，聚友空余报社春。

家下生龙传一火，坊间论凤议三军。

不堪寒食啼鹃里，来哭江涯论剑人。

花卉盆景研究会成立三十周年

草木结缘三十载，松风竹韵满韶州。

花前互鉴高低趣，树侧同登大小楼。

昨日垦荒烧土种，今日盈室聚廊收。

眼前胜事将成史，千卷经传万曲讴。

挽王滔力

年前同访老营帐，今日谁知讣到斋。

天末有池君去矣，人间无语众哀哉。

硝烟煅骨成川道，冷雨清心磨镜台。

家事国情皆大好，昔时故旧勿牵怀。

别故枝

春去花残别故枝，多情人咏断肠诗。

乳燕曾试穿红力，粉蝶也弄越翠姿。

落架上楼寻好梦，成荫悬子示枭鸥。

明年仍有飘零日，再看先生大好辞。

曲江经律文化小镇

车穿山径城南道，天爽风轻入绿怀。

槛下浮村曹角水，花前落界玉金钗。

赏心贪走三分步，悦目仰观十丈台。

地有群峰知壮丽，一弯小镇万人来。

杜甫逝世一千三百零五年

人为圣贤诗为史，功业垂名自祸羝。

梦断但惊家国破，腹枵犹觉士民饥。

三年列位忧征伐，一笔撑天诉乱离。

今日坟茔封树掩，游人不绝浣花溪。

游樱花山庄

韶城郭外赏樱花，风露山庄泛彩霞。

南岸红开含赪吻，北池白放带青芽。

已忘天下春将去，还恋园中树尚迓。

围饮槛前霜雪水，主人称说酿英华。

望榆关

转战中州到岭南，曲江云掩筑营盘。

刀前收取名多少，枕下空留梦两三。

武水蓼霜成蒲水，庾关梅雪作榆关。

燕归雁去随回首，北望家山又一年。

秋　赋

万花离树剩空枝，枝上残留白絮丝。

几册闲书终掩卷，一腔旧曲未忘词。

辽西尚有兴家梦，粤北常怀乱世时。

两扇推窗关不住，举头送眼望京师。

答洪魁二弟

蝉声凉出老枝桠，西院风荷已落花。

秋到天高飞白鹤，夜来霜重煮红茶。

告知自取身心厄，再报天成鬓发华。

八十故人仍握管，长歌梓里木扉家。

谒沈所红围

访抗日战争时期广东省委旧址

江涯隘角一孤村，轻叩红围半掩门。

卵石平铺仍有路，泥砖直架已无痕。

东洋汪伪身家患，野妪山翁子弟恩。

往事英雄青史录，文彬张氏李名林。

卜算子·可悲媚奴儿

奴贱总媚人，万里朝新主。高尔夫场打几竿，谀巧球儿扑。

不畏作奴婢，换得人呵护。成就东洋霸业难，借海兵船出。

踏莎行·风光媚

酥雨催红，东风换翠，人间处处风光媚。裘衣早脱着罗衫，谁能辜负三春惠。

白发须眉，丹心腑肺，人人赞誉今高位。此生得度梦圆时，更歌日丽初阳岁。

踏莎行·迎西风

菊恋余寒，鸟争晚照，江边落叶由风扫。小斋声出咏长征，依然西向临窗眺。

海岸征文，山亭橄草，回头自唱知时早。岳麓曾作试刀台，妖氛未净何云老。

长相思·蜕变

民之花，国之花，秀出青瓦台上丫。世人无不夸。

西风沙，北风沙，吹碎红心变黑蚜。恶伤千万家。

长相思·日舰出云号出没南海①

船出云，舰出云，又出东洋四岛门。恃强搅海浑。

天亦春，地亦春，世道如今已换新。怎容作恶人？

---

① 1937年，日军进犯上海时，其海军旗舰名"出云"。今又以"出云"名其舰，可见其用心之恶。

点绛唇·怀土

南岭山深，东风循我来时路。雁鸣鹧诉，怎得安心住？

年少无心，不识黄粱熟。今将悟，凭栏怀土，泪却空如注。

如梦令·再观电视剧《海棠依旧》

春到风磨沙损，秋去草封泥浸。余力挽天河，荡尽浊侵尘沁。垂荫，垂荫，家有周公伊尹。

太常引·马刀

马刀刃卷砚磨穿，九十载人间。许国见贞坚。来日短、何曾娱恬。

抬头送眼，怡红快绿，好个艳阳天。兴国梦将圆。有道是、光明在前。

鹧鸪天·雁栖湖"一带一路"论坛

初夏燕山更似春，蓟门北去入湖滨。翎开大雁迎宾客，邀约襄成利四邻。

南作伴，北相亲，互联互贸互通心。南南北北新丝路，互结同天共命人。

忆江南·答凌峰

凌峰问余广东佳处，以《忆江南》相告

一

东南好，最好古韶州。珠巷逶迤寻乃祖，登高台岭仰张侯。人物数风流。

二

东南好，再好是珠城。渔女亭亭浮海浪，景山郁郁掩流莺。天下慕声名。

三

东南好，更好五羊城。泛月流花桥下水，插云蛮女鬓边星。一别似三生。

西江月·喜迎十九大

高阙英才划策，边疆战士操戈。气清天朗刈田禾，大有年农家乐。

儿女点兵沙漠，封门落锁山河。国人齐唱梦圆歌，十九大着春色。

西江月·忆昔思今

十月过江征讨，三年策马还朝。枪林弹雨雪中刀，换取板门橄草。

大道常行规劝，警钟慢响时敲。老天莫使小儿骄，生怕灾难再到。

踏莎行·纪念朝鲜战争六十七周年

汉水飞疆，开城踏雪，三千里路磨蹄铁。举头回望散硝烟，上甘岭上笼风月。

山定江安，龙翔凤跃，本应同步从头越。可怜岁月易移情，平壤灯火时明灭。

朝中措·中秋宿丹霞山下怀林延东

丹霞山上月儿圆。光景会神仙。山寺胧胧黑影，半遮群象悠闲。①

故人何处？长江鼓浪，庾岭横山。留得一场春梦，今宵为梦凭栏。

---

① 丹霞山有一景，称"群象过江"。

鹧鸪天·东堤晚步

夕照黄岗第一峰，晚风吹水抱山城。频听山外鹧鸪唱，唱出诗人欲唱声。

人入睡，虫儿鸣。心随明月漫天行。一宵信步沿堤走，数尽天边七八星。

如梦令·怀闫宪奇

仰对长天听取，君在高头何语？二人不胜愁，曾在愁前同勖。人去，人去，两眼泪垂如雨。

点绛唇·寄李圣堡

雨过天晴，彩虹垂首清江饮。跃鸥飞隼，水下鱼儿滏。

昨日闲愁，挥去如风迅。思云阵，怎能安分，忘却青霜鬓？

校庆贺辞（代书）

临天涯，到海角，还是家乡好。

进初中，入高校，最忆是初小。

学语数，知洒扫，黄童受垂教。

小学生，似芳草，春风化雨浇。

师恩高，齐天昊，尊师如亲老。

同学情，星辰耀，前程一世照。

聚校堂，众欢笑，校园春意闹。

减字木兰花·公祭南京大屠杀

大哀奠祭，三十万人遭暴逆。尸塞长江，红染栖霞岭上霜。

小儿寻隙，还想走前车辙迹。岂是当年，不信猢狲敢犯边。

2018年

咏曹雪芹

一代魏王才，西山瓦灶斋。
回天无臂力，红楼写大哀。

咏蒲松龄

树下一壶渑，聊狐话鬼姮。
千秋如有问，恨恨意难平。

咏鲁迅

霹雷呐喊声，呼众唤春风。
一笔惊天下，文场铁骨铮。

咏陈寅恪

魏晋隋唐事，梵音突厥文。
心贞思似发，学海浪头人。

咏郭沫若

救国子妻遗，甲申以祭题。
峨眉召屈子，雷电劈天低。

咏田汉

一曲唤阿哥，烽烟可奈何？
昂头朝炮火，永世作国歌。

咏徐悲鸿

江东一画人，奔马出精神。
才智传千子，工钱救饥民。

故乡兴城

一水绕垣墙，双峰抱石坊。
鹊巢衔树筑，浩瀚海临窗。

闻刘国梁重掌国球帅印

大快人心事，高人将案翻。
国梁归汉室，羌笛韵先寒。

秋后入云门山

一

芙蓉伏水愁，枯叶落横舟。
岸上芙蓉笑，花开两色头。

二

举首望云门，山头宴众神。
高天寻赴会，风冷白霜深。

夜宿坪石

北风夜逞凶，闻似撼长松。
晨起环山望，琼州玉宇宫。

春

寒风摇睡柳，莺舌弄初声。
山外冰花结，枝头叶眼睁。

老犹憾

东海老龙弯，西秦第一关。
华山归马后，错失返辽源。

水洋仙

谁置小盆栽？苞苞渐露怀。
了无香气腻，清梦绕长台。

七 夕

七夕古今愁，何方觅渡舟？
心追童话趣，泪对两星流。

天涯海角行

海角尚洪荒，天涯断鸟翔。
几根遗石立，述说世兴亡。

外甥女寄蟹

渤海落清霜，腴肥蟹正黄。
女儿心虑远，万里寄南疆。

男　儿

男儿当血热，国难赴边关。
大寇仍如虎，遄图勒石山。

肖硕柏举家到访

老朋过山来，迎宾大扫斋。
风清兼日朗，鸟语并花开。
有目情难尽，无言意可猜。
湖池荷角绿，携手再登台？

和张纫诗读岳武穆《满江红》词原韵

刺字传佳话，汤阴树一军。

曾矛清水阵，欲驾贺兰岑。

环坏回天力，君昏杀虎臣。

赵家遗大恨，千古岳王坟。

访曹角湾

曹村有古传，春色历千年。

板石铺山路，浮萍荡水弯。

儿孙皆志士，宗祖乃高贤。

大好升平日，前来解妙诠。

过故人新居

故人迁出谷，邀我访新楹。

居落环千尺，楼头旋十层。

前庭铺绿草，后苑种红枫。

今日家家乐，皆因国大兴。

流水送华年

梅子落窗前，榴花似火燃。

离乡多远梦，流水送华年。

行乐非盟志，游观且访贤。

儿孙酬纳节，独自结诗篇。

过赣州

一岭真难越，今来不久待。

惊心章贡水，拭目雨云台。

造口千秋意，幼安八斗才。

鹧鸪声又起，钩沉有余哀。

挽郁洪斌

噩耗来天外，垂垂泪若流。

云岗三度访，武水两番游。

卫国男儿志，航天壮士谋。

端阳风雨过，大别论诗俦。

赠连余桂芳

明日蓬门外，依依两娣昆。

庾天怀故旧，梅雪望关津。

临别心仍折，长行路不分。

轻车迎远去，相送几程云。

过仁化大桥村

弦歌韶石乐，草木亦聆音。

桥架通天路，流经绕雾岭。

九龄凿庾道，六祖遁神门。

华夏花开早，飘香谷壑深。

八友会席上口占

燕友莺朋会，闲言少问规。

担当前敬业，离位后贪杯。

山姆迷飞弹，倭人恋死灰。

五洲华夏好，赞誉响如雷。

寒　食

岭下迎寒食，流莺试舌啼。

人间春报到，天上月迁移。

梦绕桑梓地，情怀铁甲衣。

感多诗化泪，耄耋更依依。

十月十九日入朝作战纪念日

此日勾情忆少年，钢枪生死不离肩。

快心多少平生事，最是亲征十六蛮。

送连余桂芳返津又赋

南国兼葭已染霜，远山有色自枫丹。

今朝万里关山路，明日相思一样长。

窗前遐思

沙场边关三十年，封侯挂印梦难圆。

闲来走笔磨端砚，窃喜吟诗有本钱。

再题厅堂牡丹图

胭脂染作多层色，南国花开梦亦真。
莫笑此生图富贵，苦心留取不残春。

悼内弟

重看遗像灯无色，欲寄新诗路已非。
他日若从云岗过，高楼依旧叩谁扉。

周总理诞辰一百二十周年

几番稽首拜周公，泪眼蒙蒙望太空。
天上难寻相会处，泣诗追和海棠风。

苏曼殊逝世百年

一生弹破八云筝，剃度三番岂是僧。

手捧满钵惆怅泪，声声呼国唤民醒。

读《岭南五家诗词钞》

五家稽古与时新，句爽情真六法尊。

当日天风楼外望，方知老韵有传人。

老　病

老疾知情不肯医，问安磨耳也神疲。

人间苦药疗闲病，倚枕长吟九畹畦。

杨柳枝

一

杨柳轻摇弄软丝，迎风带雨欲垂墀。

向人青眼年年是，折断赠君两地思。

二

几缕长枝惹别肠，啼莺也学灞桥腔。

可怜老大年年在，送走朝阳守夕阳。

电台记者来访

来客从容进我家，小炉活火煮春茶。

江东战事殷勤问，漫应云山拔虎牙。

尼　师

尼师受戒早修行，老守青灯一卷经。
杯渡云封何可望，磨残心骨木鱼声。

庭前木棉

一

一树红开万朵花，灿如榴火烂如霞。
岭南正是余寒日，凭汝迓春暖到家。

二

万树枝头红似火，问谁唤过几年春？
凭高俯瞰英雄气，独照天南岭外人。

风雨花

阴阵吹云草木萎，几条柔叶却纷披。
等闲风雨消磨尽，大野霞飞夕照西。

访西联沐溪怀故旧

日照山湖水面开，拍堤声动我中怀。
卅年往事余痕在，惟有青衫入镜台！

送肖非回湘

好个松山市外村，梅花初报小阳春。
题诗未尽心中意，惜折青枝送玉人。

三月三日有忆

无可奈何五岭深，倍思北国晚来春。

终生不忘千秋语，莫负辽西采苣人。①

再游越王台

一

湖山越秀古遗台，满苑春花夹道开。

今日一襟蛮蛋雨，有谁还说赵王哀。

二

世间多少帝皇妃，死后惟留草没碑。

禾黍故宫骚客叹，王郎寄味看台回。

---

① 辽西有谚说："三月三，苣荬菜滥蹿天。"苣荬菜是生长在北方的一种野菜。

镇海楼

楼止五层称镇海，当知身价定非凡。

摩星摘斗英雄事，说与来人刮目看。

得邓旭电话赠诗作答

与君同日出东川，并马平康叩汉关。

长洞山花双染血，铁原对笑雪当餐。

肖硕柏话访老营

营房铁打又登门，帐后辕前觅足痕。

光景宛然情已尽，带枪不是旧时人。

赠李彩彬

一笔淋漓写万雄，知君腕底有深功。

悟通六法为常法，叱咤风云卷帙中。

贺夺汤姆斯杯

殿试今番临曼谷，鳌头独占状元谁？

神州几个挥拍手，盘马弯弓又夺杯。

胡可德邀游

友朋邀约访西联，醉眼人归月出山。

回望川原云变幻，王孙依旧忆江南。

游乳源南水

春风一路万山青，到此吟诗骨亦清。
云合东西天地小，惟闻江水拍岸声。

赠画家晶新女士

任摇一束白菅茅，日月山川上素绡。
不见行云三两月，手栽松竹已凌霄。

过浈阳峡

一

浈阳峡口石横生，汇入三江水不惊。
锚住行舟人上岸，滩头险处建山城。

二

岸上樱花杂紫荆，垂根老树绕青藤。

野牲偏爱居高窟，惹得山头旋黑鹰。

三

峡里行船不挂篷，忽天忽地倒青峰。

掉头西岸回东岸，两耳惟闻鼓浪声。

四

洭浦曾为古别名，越王手建万人城。

难得张公留题句，有识渔樵谓峡经。

读陆游《剑门山》

昨曾策马剑门山，怨却洪荒设险关。

今得放翁知栈道，存亡大势不由天。

见《郑和航海图》

天海苍茫万里征，鼓桴三保胜甲兵。

不枯藤锁千寻练，无影长桥架到京。

贾宗洋在平昌冬奥会冰雪场上

磨剑经时乘好风，沙场争作急先锋。

三轮战罢谁家胜？错失关头第二名。

武大靖于平昌夺金

几番风雨几番愁，帏幄锋前两忍羞。

终得天公睁睡眼，中华小子立峰头。

中国巴西女排鏖兵

女师隔网两相争，托月推星柳絮轻。
十二流光谁个亮，风樯阵马属朱婷。

赠黄志辉

文海蹉跎负友师，卅年受课呈新诗。
先生看罢眉头蹙，仍说花开未到时。

访韶关学院

时节清明入校门，樱花将罢柳仍鬈。
未名湖小荷塘浅，门第虽低出丽人。①

---

① 未名湖在北京大学，荷塘在清华大学。

黄高涛到访

老友传知网上闻，洋人挥棒到家门。①
无情交易终开打，愿作灾中吃苦人。

重游东华寺

天竺和尚识灵峰，如髻如螺建佛庭。
今访三门登大殿，悚然怯步白云封。

谭江平到访

人老居山有古章，客来先见此心长。
欲将宝马明珠价，换得蝉声过树凉。

---

① 美国欲同中国打贸易战。

戊戌年生朝

麦秋槐夏我生辰，难忘辽河育此身。

幸喜今年知一事，子孙愿作岭南人。

感　物

菊守故枝存傲骨，天骄乘势尚眉横。

庄周有道称齐物，眼望飞鸿欲远征。

中华儿女在雅加达亚运会上

苏炳添

万众欢呼齐呐喊，似惊脱兔出平冈。

健儿犹尽平生力，捷足阿添已撞疆。

王 宇

无卒无枪未闭关，几番闯荡几空还。

奈何掷却心头锁，翎翮翀翀上昊天。

孙 杨

白跳浪中观《水浒》，卖鱼张顺也臣服。

飞身碧漱风声起，只见瑶光比并无。

周 琦

沙场踏寨夺江关，百步穿杨弹落筐。

跋扈骁腾何所取？乡人爱看国旗扬。

刘 湘

扬波抑浪夺天王，不让须眉众女郎。

谁辟人间新世路，中华巾帼唤刘湘。

陈清晨、贾一凡

翎毛牵惹华人肠，愁见男儿多败降。

霹雳一声双凤吼，柔腕拼出国名香。

蒋文文、蒋婷婷

碧水无痕清且浅，荷花带雨满池开。

藏泥素藕摇波立，大叶掀风露粉腮。

韦永丽

十载鳌头称女皇，今番抖擞失锋芒。

沧桑陵谷无常态，但信明朝日更长。

韶城冬夜

秋往冬来厚挂帘，江城水冷露更寒。

萧萧桐叶宵宵雨，好读闲书喜夜阑。

月下对杯

弟兄相会月明秋，辽海乡音响彻楼。

更举一杯酬大醉，玉壶装酒不装愁。

读邹德濂《忍泉吟草》

诗坛掷去半生情，风气今开愿已成。
人在寻常深巷里，忍泉唱与路人听。

落　花

吹雨寒风打北窗，落花满地费思量。
春城已试风中力，粉蝶曾随槛外香。
红欲上楼成暖梦，绿先悬子慰斜阳。
人生短暂如朝露，一日充当十日长。

挽林延东

一别羊城二十年，此生相会再无缘。

并肩青发歌灯夜，对影黄衫插水田。

李下瓜田君得祸，山中荆野我称蛮。

荣哀毕竟人间事，一鹤归天化作仙。

有　幸

两目生眵耳聊啾，尚留余力作诗囚。

边关倚马山头月，学海温书屋角楼。

憎命文章烽下得，蒙冤债负酒中休。

儿孙无不存高远，幸失当年万户侯。

春 雨

春雨无声悄到门，招来思绪忆征尘。

半生鞍马雄强路，两鬓星霜豪旷心。

窗外行云归海宇，枝头宿鸟返园林。

老天虽绿回途树，仍是黄衫梦里人。

春 兴

东堤日朗赏芳辰，正是山城二月春。

嘉草成茵铺苑道，杂花生树漫江滨。

心枯木石还多事，世变辞章转有神。

两会佳音催奋进，国人皆说与时新。①

---

① 第十三届全国人大、政协第一次会议。

寿贵勤八十五岁

淡饭粗茶体自安，经霜松柏缘油然。

儿孙堂上频添寿，慈老席间屡赞顽。

顺意承思嘘冷暖，端行垂教问方圆。

生日快乐声声起，更祝长青过百年。

挽王岳华

侄儿昨报平安讯，惊愕今朝讣到斋。

烽火叩关援友国，松烟磨砚选英才。

随君足纵兵戎帐，任我心驰战阵怀。

一事告君应合眼，功勋不朽入歌台。

答胡荣富

今朝书到泪横纵，雨雨风风未忘兄。
细柳营中同挂甲，墨江河畔共扶农。
鬼神误我三生梦，烽火召君百世功。
正是云回春大好，护崖屹立两长松。

羊城赏牡丹

国香何日落江南？魏紫姚黄俱大观。
客悦颜值抛十万，主谋身价让三千。
花离洛水风仍在，色入羊城意更酣。
未晚居前惟绿草，奈何囊涩买伊钱。

宿坪山

曾驻坪山绿野东，战友星散不知踪。

朝投格斗枪头力，暮练行军脚底功。

清茶入肠能忆旧，孤灯照影更哀鸿。

忽闻夜半蕉林雨，盘马弯弓晓梦中。

送王昊返校

岭上梅花又报春，晓看归雁欲离群。

尔居北国寻真理，家在南疆作本根。

楼外鹧声山欲当，席间灯火夜先侵。

丈夫有志行天下，艰苦成全大任人。

山　城

山城偏住绿江头，风入芸窗月满楼。

耄耋起居无早晚，妙龄琴瑟有欢愁。

花开光景人同醉，燕去时分雨未收。

湏武双溪天海阔，凭栏送眼不垂钓。

采　风

掩窗闭户日寻诗，冬去春来枉失时。

大梦十年呈富色，万家一霎脱贫姿。

离琴古调谁还爱，入世奇思我不知。

水角山崖芳草地，竹枝拄断拜良师。

应邀赴始兴罗所

夜幕将掀日上竿，农家具酒醉青山。

蒙知鹭翼分高下，觉见云心共往还。

花草今开朝露雨，轮蹄即别夕阳烟。

回头放眼临高处，灯火笼村月一弦。

少　年

少年落笔气先秋，赋律悲辛绝句愁。

山画尽幽松亦老，水描弥远篷皆偻。

戍楼刁斗边城月，铁马硝烟栅垒洲。

十载沙场惟一得，烽火刀头骨方遒。

七月八日自祝大婚

忆昔洞房花烛夜，蛾眉未画甲披尘。

两心相结同浮海，四目皆开共见春。

沙场何愁刀劈路，居家不虑盗敲门。

眼昏愧赏山头月，却伴心明说话人。

朝鲜停战六十五周年

总统先生好算盘，搜罗蛮狄打朝鲜。

过江投弹成前线，伐罪兴师作后援。

松骨峰头称可爱，上甘岭顶道非凡。

谁填三八人为壑，儿孙望天盼月圆。

湘江怀古

放逐飘蓬汉水洲，怀沙古意是乡忧。

骚辞尽可偿幽愿，魂魄如何返故丘。

九畹焚兰香不减，三湘翻浪黍难投。

楚江化作苍生泪，哀泪愁人日夜流。

访老干部大学

旧地重回百感兮，如今桃李满花蹊。

池澄清水飞衔燕，苑茂华松听嬉鹂。

授业八年成往日，悬心一片有来期。

人间尽阅竿头步，不屈精神可品题。

乘缆车登丹霞山并访山前小村

一架悬车柳絮轻，乘观飞瀑出晴雯。

路人礼让岚先行，锦石相争火后温。

松竹有情应识我，居家无院未成村。

遍寻昔日三同户，连片长棚别样新。

答洪斌桂芳赠诗

赠我长歌抵万金，霜君双鬓却惊心。

成围大木能矜雪，阅世焦桐有赏音。

天意偏留辽海客，亲情不弃白发人。

欲携妻小归乡里，庾岭高横武水深。

再赠连余桂芳

万水千山欲探亲，门轩开启喜迎宾。

蒜葱得伴先无约，草木当楼尽有神。

去日能凋长短发，留情可予古今人。

平生淡薄安排易，不计图书我确贫。

心不足

少年家境贫如洗，姜桂余辛味尚留。

投笔从戎边塞地，舍身征战镝锋丘。

休愁日月催华发，但愿诗歌入藏楼。

活到百年心不足，最期举世仰神州。

深秋夜赋

老云接驾斜阳落，昼夜相衔两日寒。

宿命人云贫与富，节操众论贿同廉。

一宵空对微云月，百代难逢盛世年。

莫问秋深何所寄，且看黄菊抱枝残。

向晚遐思

天到秋凉熟果瓜，敲锣击鼓闹岵岈。

疑闻哨口西江月，觉唱蟾宫蝶恋花。

大海云行龙跃曲，长洲风打燕飞斜。

环球总有升平日，百姓黎民各有家。

虞美人·刘国梁生日球迷为其制视频

荧屏大唱生辰颂，盼把乒乓控。国人遍觅少佳音，生怕魑魅阴处缚鹏鲲。

当年匹马硝烟里，直板降千敌。精思缜虑领三军，岂让狂儿撒野夺功勋。

太常引·水仙花

银台金盏又新天。泥作小瓦盘，弄影纳寒泉。凌波立，风情万千。

我家有子，丹心一片，三十载弥坚。手捧上高坛，为双亲，迎春贺年。

踏莎行·迎春

桃杏争红，柳杨斗翠，三江六岸春花媚。枝头黄鹂有啫声，告知莫负东风馈。

漫赏兰乡，畅游武水，逢人且话承平岁。更期两个百年时，经文兵武神州最。

清平乐·书房小

书房虽小，篋柜千篇稿。寂寞诗歌长短啸，翻出个冲锋调。

东方今日方强，西方早作豺狼。放眼中东儿女，依然大漠如汤。

西江月·圆梦

雨落白霜冬醒，风吹绿草春生。更听墙角小虫鸣，大好时光降定。

几阕长词说事，何曾借此沽名。高歌舵手寻航程，决胜复兴大梦。

清平乐·博鳌论坛年会

博鳌论道，发出新宣告。同建同赢同得到，迎取春光大好。

大门迎客全开，互通方可生财。生意场中舞棒，个中难得呆才。

好事近·香格里拉嗔怒

大国一高官①，香格里拉嗔怒。我欲巡行天下，敢封疆拦路。

奈何头上有青天，天道胜刀斧。窃入人家庭院，逐君谁云不。

鹧鸪天·仲夏帽子峰下晚步

树下生凉水上风，三江环抱绿洲城。莞韶园里夯歌号，应是黎民逐梦声。

人入静，草虫鸣。东升明月碧空行。帽峰脚下良宵夜，细数天边七八星。

---

① 高官，指时任美国防部长詹姆斯·马蒂斯。

南乡子·四国神州①

四宝不同娘，呼弟喊兄上战场。东面大洋南面海，
狂狂，牵手横拉一堵墙。

有路任余行，长臂螳螂不自量。天下万千兴亡事，
洸洸，滚滚黄河万里长。

西江月·重访华山水库

一别十年春色，湖边长满青莎。雾开云散见烟波，
荡漾梨花雪白。

故国日新月异，人民获得增多，高山崒下水吟哦：
看我神州气魄。

---

① 美、日、印、澳四国，欲组"印太遏华"同盟。

清平乐·迎春曲

时寒时煦，见漫天飞絮。休为春花生眷遇，伊喜风吹雨浴。

东风装点人间，花开雨后霜前。再读兰成词赋，都非如此川原。

西江月·重访狮子岩

马坝村头问古，信藏黄种人猿。天悠悠十万年前，戳破西来繁衍。

世代岩边儿女，任从日起星眠。狮岩洞下作家园，岁岁禾香廪满。

行香子·爱赋王郎

风过围墙，春到花香，水浮烟，摆柳摇杨。分江敲石，细雨茫茫。但盼云开，彩虹上，日天长。

心绪飞扬，爱赋王郎，愿新词，归入清商。人无不老，何事难忘？且上梅冈，坐梅岭，读梅章。

长相思·观第二十八届翁源兰展

白一房，紫一房，楚畹骚魂第一香。十桠九节长。

翁山光，翁水光，君使山鸡成凤凰。小城名出洋。

更漏子·未曾待价沽

昼将长，春已去，花落江天沙屿。鸿起渚，燕离雏，耳聆山鹧鸪。

头堆絮，目斜觑，却驻青春情绪。行举步，坐拥书，未曾待价沽。

踏莎行·再咏红棉

卓立蟠根，红颜嫽妙，空山依傍伊容貌。无言无语向长天，人间从此春喧闹。

点缀天端，万家望到，蓓蕾擘絮丰年兆。英雄自是有情肠，年年岁岁花开早。

浣溪沙·步月思乡

仰望天头北斗斜，夜风老树卧寒鸦，高枝虽冷可安家。

远别故乡三万里，恰冬来北国繁华。漫天舞雪放梅花。

鹊桥仙·天灾人祸

太空青碧，云头灰白，大地如蒸似烤。谁曾料六月将临，沸池里，莲花尽槁。

出言无据，横行无义，日爆惊天笑料。论人情故旧新交，生意场，蒙哄放鹜。

长相思·夜明曾照时

燕也归，人也归，窗外风吹花落飞。天边月半亏。

有所思，何所思，秋月秋灯知不知？夜明曾照时。

诉衷情·抗美援朝六十八周年

一腔热血壮夫情，舍命渡江征。沙场炒面掺雪，半饥战狰狞。

白岭坚，汉江横，两军争，板门和议，勒马回疆，遗恨难平。

踏莎行·黑月追蛮

　　黑月追蛮，白霜挂角，三千里路冰河越。沙扬万木俱飘零，家山回首枫红叶。

　　残暴黄豺，横行紫蟹，人间百好存余孽。怕的是出了魔王，世人开眼应惊觉。

阮郎归·不忘故情

　　痴心留月为谁明，楼台千万灯。十年光景似三生，怎能忘故情。

　　天下定，又新征。人间圆梦声。疑君羞却掩芳名，月中见独行。

有感加拿大七国会

古风

七家世强国，结盟几十载。呼风吹三江，唤雨打四海。如今起波澜，缘由兄心歹。万般其优先，诸朋亦烹宰。见面耍大牌，敛财别人甩。推文总荒腔，行为常摇摆。世称此人呆，自云受青睐。劝言耳边风，弟兄惟深慨。昔时难回头，交情更难再。奈何六兄弟，只能把兄晒。

己亥春节

亥猪中国节，举世贺新年。

古辟丝绸路，今开到海端。

春节同乐

外女踏冰川，家兄醉故国。

电铃声不断，四处报平安。

忆当年

一

水接山联国，强人入逞凶。

望灾知劫难，策马过江东。

二

两军三百万，厮杀地天昏。
强盗逢强势，鸣金在板门。

三

长津湖水净，上甘岭无尘。
豪气峥嵘日，尊华大国人。

南雄来雁亭前

北望雁群飞，未曾去不归。
庾高离月近，应念仰清辉。

南岳峰头

祝融攀几度，梦断会神仙。
倒有迷人处，君山足下端。

金蝉虫草

身寄茅根草，称名国宝花。
与金堪比价，不媚富人家。

蝉报丰登

高桐蝉咽咽，疑畏晚来风。
却报年成好，荒边谷也登。

乳源云门寺和尚

僧老富名声，佛心万卷经。
关头三叩拜，总来显神灵。

惠州西湖朝云墓

孤坟山脚下，世代仰风流。

名士愁今古，琵琶淡喜忧。

悬　剑

床头三尺剑，锋可断毛毫。

休忘东征日，功齐汗马劳。

建军节

八一是生辰，今逢九一春。

人当何可用？家国一颗心。

观荧屏《特赦 1959》

罪恶如天大，春风化雨长。

一间功德所，别样论兵场。

己亥岁初

万户皆追梦，高层设远谋。

东方花尽放，西域水横流。

浅见无人鬼，深思淡喜忧。

满城春讯息，是岁好开头。

酹酒奠先人

三月清明节，悲生拜祖坟。

海流今日雨，花减昨宵春。

茔上萋茅草，碑前断火痕。

望山空太息，酹酒奠先人。

应肖荣真约邀赋谢

一水何难渡，三年始再来。

花迎村寨过，风送雨云开。

鸡黍排长案，商家敬小才。

门前斜夕照，不敢更久待。

答故人电贺生日

故旧情深笃，生朝为我歌。

征诛仍愧少，功利却羞多。

老入吟诗境，风吹洗砚波。

邀君登大庚，亲御过山车。

迎　春

西风冻雨落书斋，屋角梅花眼未开。

窗外似闻乔木动，几声山雀报春来。

春　兴

欲到东郊煮野茶，枝条将吐小寒芽。

老天善解寻春意，回望绯桃未落花。

春光曲

长檐凹凸燕莺窝，窗下沙平鹭鸥歌。
寄语东风勤着力，墙边梅豆尚么么。

寄邓旭

知君笑我鬓毛苍，不问年涯谱乐章。
容色已随黄叶去，惟留九转此衷肠。

赠梁东

耳闻泉水响咚叮，又起黄莺出谷声。
无谱无弦君自唱，嘤嘤呖呖刮梁风。

拜山阴

早年卫国远从军，晚岁冰河梦野村。
手口相传诗万首，学吟谁不拜山阴。

听志愿军战歌

当年披甲带吴钩，一片丹心几代讴。
今日又闻声四起，犹怀卫国斗貔貅。

再访来雁亭

绵绵春雨不开晴，梅岭山前过雁亭。
问取何时征北海，偏劳寄语报安平。

观荧屏《武家坡》

埋雪寒窑十八年，情丝不绝两心牵。
世间儿女寻常恨，多少歌台唱不完。

夜游孔江

月黑星明不尽情，溯流孔水见源清。
即兴唱和斯文客，酒酻灯船万古魂。

闷人春

巡逻山姆骚南海，"修宪"东洋闹返魂。
天气闷人晴忽雨，杜鹃声外不闻春。

三游莞韶园

锦绣山川万象台，百方石印老天裁。

梅香又散三重谷，召唤王郎几度来。

若丹生日

百花开放庆生辰，耳顺年高骨更贞。

日照椿轩召晚甲，与儿互勉作仁人。

答赵非

韶阳楼下育三娃，仁者皆称诚信仨。

过岭云笺劳问讯，墨池研露报中华。

怀诸兄弟

弟兄南北又东西，总有乡愁梦不齐。

归路未凋堤岸柳，篷船空荡武江溪。

吴翠美女士牡丹画室

朝阳映带小楼台，魏紫姚黄一霎开。

画主不称柔腕力，洛阳信是岭南来。

读《李凌冰诗词选》

为官曾作湖山主，辖下三年住一城。

闻说诗潮波浪涌，笺花不负好名声。

有　虑

花开小苑香如故，鸟不知名却熟音。

日月丽天愁最是，居安漫对虎狼心。

回瑶村

三年一面探亲归，难尽三年别后为。

相会今宵愁白发，但期重会画浓眉。

雨后夜

雨过风停入夜深，一灯未尽读山阴。

耳边妻话儿孙事，说去说来不放心。

入刘张家山

山外仍围千嶂绿，门墙不挡水环村。
人家几户坡前后，大碗瓜菜待远宾。

小暑夜

天将夜半脱蒸笼，风自楼头大叶榕。
莫怨灯昏如酒醉，诗心先在便为工。

致王瑾

自从欢庆汝临门，身影时时在我心。
风雨无情今大作，悬崖边上可回身。

赏枫湾红莲

过岭枫湾出大弯，水无涯际正开莲。

藕根泥下长三尺，绿叶含珠顶盖天。

许命轩辕

出没当年三八线，舍生许命荐轩辕。

但当刀取升平后，圆梦中华别有天。

七　绝

居粤贺十三届二次人大、政协
两会在京召开

庚下雷鸣第一声，遥企两会畅春风。

五千人议邦家事，圆梦多谋后半程。

乱天下者

一年最是春光好，草长莺飞万木青。
世出祸灾斯子手，四方点火八方兵。

题金辉摄小照

人在夕阳斜照里，消磨黑发已全非。
诗情未尽残灯后，留与将开岭上梅。

陈浩成从天山回

才人心眼清如水，泼上冰山似露淋。
为问先生归路事，如何不载九天云。

过曲江乌石

岭南春雨柳鹅黄，几架机车赛插秧。
布谷呼人闲不得，丫丫绾角作牛郎。

三月四日从军七十周年日

少年投笔赴边关，出入烽烟十数年。
许国头颅未曾死，吟诗半说在征鞍。

于枫湾河拾得二石

万漉千淘二石瑕，一如火岭一红崖。
手长似把天河挽，几缕清风进我家。

杂 感

过尽闲云心不动，听妻絮叨日将西。

初登新谷三餐饱，诗有真情便得题。

上巳节

三月初三古俗风，溯源曲水一天清。

前村沽酒灯船醉，好忆兰亭上巳情。

征雁不成行

独陪黄菊过重阳，吹北寒风亦异乡。

望断天头山外路，南来征雁不成行。

梅花落

不畏寒风只一枝，纵然开罢亦相思。

今宵听我吹箫管，送上九天莫笑痴。

留　恨

十月天寒又北风，感怀卫国入朝征。

板门南望仍留恨，跋扈飞扬美国兵。

君子兰开

九畹亲栽已十霜，几枚绿叶慰情肠。

今朝忽见添新趣，蕊吐红霞更溢香。

马嵬坡前

王嫱塞外拨琵琶，冤死皇妃马嵬崖。

千古丽人容色价，每临灾难救邦家。

忆送李圣堡归成都

当年一别路西东，犹忆江头话雌雄。

曾见丹心烽火里，更期听取不征功。

鼎湖山上

鼎湖峰在万山中，拦路层层抱石松。

不信岭头风煞吼，天南望尽太平空。

闻　歌

午睡南窗树影遮，楼前水静奈风何。

百年世事追圆梦，幼稚园教义勇歌。

韶关亦故乡

入籍天南武水乡，红棉二月报春先。

老榕树下无炎日，大雁归来不带霜。

九十三岁

荷花开放我生辰，来客盈堂聚近亲。

寿字三题开众口，大期再贺百年人。

大年夜

辽西风气到韶州，压岁收钱必叩头。

不问鬓丝随日改，但求心曲为民讴。

夜笼风采添新景，春藏江光更上游。

六岸人潮如大海，归迎元旦待登楼。

独　坐

凡夫俗子老残顽，名利恩仇未了然。

笔下云龙难作雨，架中诗史枉征关。

千宵昨对边残月，百代今逢盛世年。

岂有斜阳能负我，此生大梦尚求圆。

迎　新

庾岭梅开岁又新，草生柳曳见芽痕。

通关城埠争言富，僻壤山乡竞脱贫。

文字难调长短句，诗情能赠古今人。

起居壁白安排易，图挂悲鸿骏马奔。

春　游

青阳晴好出家门，莺雀枝头闹报春。

西岭山茶全放叶，东坡油菜半遮身。

论心不可随衰朽，作赋何曾弃病浑。

日晚归途船外望，一江渔火水粼粼。

三月韶关

二流环抱一沙洲，时见低翔白鹭鸥。

林语泉声风采路，朝迎夕送渡头舟。

百花开季天同醉，梁燕归期雀尚留。

人说韶城多大事，今称生态古张侯。

骆伟民赠诗赋谢

赠我歌行动肺肠，何如明月与朝阳。

赋存古道为今用，诗有今情将古扬。

卜算子词前报喜，水洋仙草后知香。

雎鸠吟咏三千载，点亮书灯续烛光。

述　怀

一

文章误我到如今，轻信难成有用人。

夜半翻书灯下老，霜头知错不回心。

二

知人信己不求神，耿介难为富贵人。

日夜门开迎过客，盗来官去俱安心。

琴樽会

江畔东街又互邀，吟诗歌赋胜唠叨。

东风自度高低岸，南海曾看起伏潮。

梦想回天天不背，心图踏刃刃难削。

白眉珍重琴樽日，莫待他年酒意消。

答　赠

山角层楼望大千，一城男女尽欢颜。

天开海宴升红日，地展河清绕绿原。

丝路世人舟共济，素怀家国任同肩。

今时活到眉头白，不逐声名不羡仙。

别赵大

道别同门各入营，重逢仍未失真情。

主宾同气分安患，山水相依合送迎。

万里欲肩家国事，一堂能吐肺肝声。

明朝酒醒三湘外，过岭难聆大雁鸣。

诗寄凌峰凌云小明

蝉声忽出未寒枝，桐叶飘零却不知。

笔下愁生云树意，枕边怨对令威辞。

疾风骤雨家乡梦，日朗天清盛世时。

遥报故人常问讯，兼葭助我题情诗。

送龙威归湘

几度同声唱岳飞，送龙正遇雨风吹。

他年往事心长在，今日离恨泪不垂。

笑我未逃文字狱，赞君得逐虎彪威。

故人深解归山意，北去湘江可有回？

入 秋

小楼落叶打窗声，门外秋江浪不惊。

黄岗山前云自幻，韶阳亭上月澄清。

晚斋正好消今夕，黄花偏为傲故城。

掩卷暂容高枕卧，醒来一觉看东升。

长相思·山杜鹃

梅花丹，茶花丹，花市迎春更大观。火红山杜鹃。

韶城天，曲城天，蜡尽年初人不闲。渡头上水船。

长相思·大拜年

花也红，海也红，一片霞光旭日东。耳听潭柘钟。

张是兄，李是兄，两岸相逢饮大盅。炎黄共祖宗。

长相思·出兵

风登程，雪登程，卫国援朝抗美兵。金达莱血凝。

明出征，暗出征，强盗临死不识情。哪来天降兵？

长相思·厮守两老人

八十庚，九十庚，眼角流光脚步轻。人呼两寿星。

昨事明，今事明，旧曲新词记得清。民间采俗风。

采桑子·有感

家山北国飞绵雪，一片茫茫。一片茫茫，惟见门前守户龙。

岭头山脚梨花雪，欲扫彷徨。欲扫彷徨，怕触春容将上妆。

西江月·油菜花

落雨黑云飘过，岸边青竹仍愁。菜花百亩过人头，一把把黄金帚。

卅载黄巾黄甲，此心未了亲仇。枕旁墙上挂吴钩，当取来犯敌首。

西江月·重回始兴城郊

又见沙堤杨柳，絮飞五次三番。淹留云雨过天边，好个艳阳江岸。

忆起"四清"年月，说来真是新鲜。带头人湿裤泥衫，有指皆为贪犯。

西江月·忆海边故旧

家住辽西海岸，惯游白浪滔天。十回九过急流湍，任性戏危弄险。

几个从游好友，不谙世路维艰。放言上阵唱诗坛，谁了平生夙愿？

如梦令·花懒

窗外红开千点，惟见海棠仍卷。问讯尔花仙，却道东风如剪。稀罕，稀罕，是否春回身懒？

浪淘沙·中日争苏迪曼杯

南国战犹酣，翎羽飞天。苏杯欲捧重如山。龙争虎斗谁个让，拔寨攻关。

杯失已双年，难掩心寒。卧薪嗜胆对天言，拿下沙场常胜将。山口桃田。①

鹧鸪天·初秋夜

头上青天足下风，月高照亮此山城。九龄园外三江水，流出诗人欲吐声。

尘不到，草青青，凭栏远眺太空明。纵然人老能忘否，帽子峰头七八星。

---

① 山口茜、桃田贤斗是日队两位领军人物。

采桑子·放眼看

东风吹去残冬色，绿水蓝天。绿水蓝天，芳草天涯三月三。

晚居楼上长栏倚，吟就三编。吟就三编，天上人间放眼看。

画堂春·寻伊

欲凭好梦去寻伊，西风吹眼沙眯。但当笃志再求祈，彩凤高枝。

衣带渐宽终不悔，奈何日夜神疲。憔悴三载未怜儿，说与传奇。

后　记

　　此前，笔者曾先后在解放军文艺出版社和花城出版社出版个人诗集——《未晚居诗词集》《未晚居诗词二集》，这本为第三集，收录笔者2016—2019年撰写的诗词400余首（阕），故名《未晚居诗词三集》。

　　笔者毕业于东北大学文学院历史系，参加过解放战争和抗美援朝战争。转业后，历任韶关报社总编辑、韶关地（市）委党校党委书记兼校长、韶关市社会科学联合会主席。曾主编《韶关市志》《韶关报》《粤北论刊》《张九龄研究论文集》等，曾荣获"粤北山区作出贡献积极分子"等荣誉称号。该诗集以中华诗词为载体，歌颂党的方针路线、政策，阐述在其指导下，我国各项事业所取得的伟大成就；回顾历史人物和事件，借以咏史忆旧、感事抒怀，并托物寄意、思亲怀友等。

　　这本诗集能够出版，得到暨南大学出版社鼎力相助，在此深表谢意。

王镝非

2021年6月